鼓直句集

鼓直句集

Tsuzumi Tadashi

水声社

目次

春

門先に子の声はずむ雪解なり

雪解よと聞いて窓引く朝かな

庭すみに残れる雪を踏んでみよ
紅梅の二輪咲きたる朝の雪

揺れる藻の緑のすける春氷

逢わぬ日は並木のかげの春寒し

わが胸の流氷もまた軋みおり
顔寄せてひとひらを摘む梅の花

一枚の葉書を拾う余寒かな

ふきのとう夕餉によしと摘みにけり

猫消えし白梅におう路地の先

声かけて行くひとのある黄水仙

初蝶の影らしきものまなかいに

賑やかな声たつ畑のつくしんぼ

朽葉わけ一輪草の目覚めかな

花冷えの便りこぼれるポストかな

花冷えと言うひとの手のぬくさかな

菜の花や落書の蝶とび立ちぬ

菜の花を辿りてたたく友の家

菜の花と鳴る海近きわが家なり

れんぎょうの黄の花影のみそさざい
野あざみもまだ棘もたぬ春の朝

初音聞くベッドの敷布の白さかな

さざなみや影のゆらめく山桜

園城の山より花の便りあり
こたびのみ許せと手折る花一枝

崖道を登りつめたる桜かな

風巻いて桜ふぶきの九段下

ひっそりと猫の横切る花吹雪

宅配の草餅なれど懐しき

気易くも猫の恋とは言うなかれ
春風に押せよとたのむ三輪車

字あまりをもてあましつつ春の床

春風を探りつつゆく杖一本

石垣を喰い破ったかか鬼あざみ
人影を追うて落ちゆく春の月

崖下の日溜りで鳴く恋の猫

水やりの手にからみつく紋黄蝶

子の耳も声とらえたる雲雀かな

猫が居て藤の花ちる庭のすみ

崖下の春惜しみつつすみれかな

わらんべが摘んでは捨てる杉菜かな

藤棚を月はゆるりと渡りゆく

夏

麦秋や垣根かすめる捕虫網

初恋は蛍とともに消えゆきて

懐しやほたるぶくろと母の顔
かなへびの抜けがら白き小枝かな

かなへびの陽溜りの顎撫でてやり

かなへびの落ちる日追うて木を登る

かまきりの子のわらわらと草の陰

朝風にからたち匂う垣根かな

ペン立ての泛子をまさぐる梅雨の宵

さみだれや湯の駈けくだる竹の樋

酔い痴れて独りで帰る五月闇
昼がおの絡むつつじの花枯れて

《コメット通信》のこれまでの主な執筆者

浅沼圭司
石井洋二郎
伊藤亜紗
小田部胤久
金子遊
木下誠
アナイート・グリゴリャン
桑野隆
郷原佳以
小沼純一
小林康夫
佐々木敦
佐々木健一
沢山遼
管啓次郎
鈴木創士
筒井宏樹
イト・ナガ
中村邦生
野田研一
橋本陽介
エリック・ファーユ
星野太
堀千晶
ジェラール・マセ
南雄介
宮本隆司
毛利嘉孝
オラシオ・カステジャーノス・モヤ
安原伸一朗
山梨俊夫
結城正美

料金受取人払郵便

網島郵便局
承　　認
2149

差出有効期間
2024年4月
30日まで
(切手不要)

郵便はがき

223-8790

神奈川県横浜市港北区新吉田東
1-77-17

水声社 行

御氏名(ふりがな)	性別 男・女	年齢 才
御住所(郵便番号)		
御職業	御専攻	
御購読の新聞・雑誌等		
御買上書店名	書店	県 市 区　町

読 者 カ ー ド

お求めの本のタイトル

お求めの動機

1. 新聞・雑誌等の広告をみて（掲載紙誌名 ）
2. 書評を読んで（掲載紙誌名 ）
3. 書店で実物をみて
4. 人にすすめられて
5. ダイレクトメールを読んで
6. その他（ ）

本書についてのご感想（内容、造本等）、編集部へのご意見、ご希望等

注文書（ご注文いただく場合のみ、書名と冊数をご記入下さい）

[書名]	[冊数]
	冊
	冊
	冊
	冊

e-mailで直接ご注文いただく場合は《eigyo-bu@suiseisha.net》へ、ブッククラブについてのお問い合わせは《comet-bc@suiseisha.net》へご連絡下さい。

一日を蝉の声より始めけり

手をつなぎ蝉の声降る森をゆく

単線の青葉涼しき独り旅

昼月もおくらの花を覗きけり

かなへびが芝駆け抜ける大暑なり

青虫も這い疲れたる大暑かな

雨乞いの幟はためく土堤の道

玉虫がたまに来るよと谷の底

短夜の鳥の啼きゆく神楽坂

炎昼やゴールデン街われ一人

棚下のへちまの長き暑さかな

かなへびもはらんで夏の盛りなり

やませみのかげかすめたるいくたがわ
夕立の大粒よけてはしる蟻

ひとり往く炎天のみちひとすじに
黒揚羽天より堕ちて花のうえ

夜店にてもとめしヴィヨン独り読む

ねむの木の影あわあわしバス通り

網を曳く手から蛸買う朝ぼらけ

牛も馬も水飲みにこぬ泉かな

病室の片隅独りメロンはむ

いととんぼひょいとつまめておどろく子

艶然と玉虫吊るす女郎蜘蛛
茄子さげて砂利道たどるゆうべかな

大雨や明石の蛸も目を剥いて

秋

敗戦を聴きたる軒の冥さかな

友らみなちりぢりに居る敗戦日

敗戦の日より渡らず玄海灘

桐一葉風おだやかに落ちにけり

朝顔や絞りの青のしおらしく
七夕や共に星みるひとありて

橡の実を拾う双手の干からびて
つゆくさのまびきかねたるしげりかな

子供らの声につゆくさ首伸ばし

かの人に文をやりたし筆りんどう

いなづまや心裂けたる部屋の内

秋風や鬼やんまの縞くろぐろと

番町は皿も欠けたる月夜かな

エッフェルの霧にまぎれし独り旅

ばばが背の子の手が伸びるからすうり

秋晴れはさみしいと言う赤いくち

柿の木を見上げる犬の振る尾かな

その角を折れて消えたる秋の風

とうろうの鎌よけていく秋の風
かまきりの重みでしなうおみなえし

おにゃんま追う兄のあと籠抱いて
青沼のとんぼの群の数知れず

傷みたる庇の先のいわし雲
もろこしの穂波そろわぬ山の畑

川舟の帆張りてさかる葦の原
いわし雲やや薄らぎし軒端かな

独居なりつまむ葡萄に指染めて
てのひらに受けてつくづく柿の種子

焼き栗の熱さたのしむ袋越し

沢蟹の影も染まりて紅葉谷

月影や鉄斧をさげて往く蟷螂

さかのぼる鰭のみ見せて鮭のむれ

ささ汲めばひと恋しいかとかねたたき

高砂の月のあかりに舟をやる

かまきりが鎌もてあますすすき原

とんぼ追う網の揺れゆく塀の外

新米を炊き損じたる夕餉かな

指染めて葡萄をふくむ乙女なり

かざす手にあかねとんぼの来てとまる
街までは遠しと聞けば秋の雨

亡きひとの声かすめくる秋の風

秋風や思案顔なるからすうり

わが足に赤きいばらのからむ道
泣きやんで兄の背を追うとんぼ釣り

コスモスの咲き乱れたる土手の犬
遠山へ延びひろごりていわし雲

テレビ点けて待てど暮せど来ぬ台風

別れよと三日月せまる宵の径

無花果を採りそこねたる嵐かな

蟷螂の肚を割きたる野分かな

銀やんま追うて落ちたる夢の沼

川魚は馬穴の底の秋の暮

注ぐ酒も尽きたる夜の寒さかな

秋は去り飼い犬は逝き身はひとつ

冬

つわぶきの黄に埋もれたる背戸の庭

凩の吹きそめし日の独居かな

裸木の枝の細りて雲を刺し
スタンドの光の寒き文ひとつ

木枯しや窓に倚りて聴くブラームス

コーヒーを煎れて冬日のヴェランダへ

手に箒見上げる梢に枯葉なし

木枯しに背をば突かれて古本屋

落葉さえ掃き尽くしたる師走かな

寒がらすつばさの雪を払いかね

独り居に木の葉しぐれを聞く夜かな

影ふたつかすめ行きたる寒椿

引く波をつつつと追うて浜千鳥

落書きの老という字の冬の暮

山茶花のはや散り敷きて土さむし

玄海と呟いてみる冬あらし

あんこうの看板が呼ぶ行きどまり

駐車場隅に座したる雪だるま

籠の中割れひとつあり寒卵

降る雪や戻らぬ猫を案じおり

大根を下ろしつつ見る雪の窓

雪おろしまず氷柱折る小手だめし

歳暮とて犬も駆け出す神楽坂
万両を買うかそれとも千両か

ひとり聴く寝床の中の除夜の鐘
ひたすらに古本めくり去年今年

独り居の窓ひらきみる初日の出

初旅や淡路にまたぐ大き橋

遅起きの屠蘇を手酌の独居かな

輪飾りを取り忘れたる戸口かな

福笑い並べぬうちから笑いこけ

蠟梅を一鉢買うて上る坂

冬木より垂れたる爪を指すおよび

吹く風にただ耐えている冬芽かな

鳥のない籠見上げつつ日向ぼこ

寒林に大きな犬の消えし朝

温泉のマークも薄れて雪の里

煮こごりを皿に盛る手の白さかな

誰も彼も顔伏せていく寒さかな

葦枯れて魚影まれなるゆくてがわ

口すぼめ粕汁すする甥ふたり

寒鯉の影ひとつ寄る土橋かな

アパートの裏の日影の雪だるま

闇汁をこぼしたような夜の道

一木をただ見るのみの冬景色

降る雪を眺めるばかり老いし犬

雑

老いの坂降る雨に差す傘も無し
人影の二つが揺れる草の崖

木屋町と聞いてかすかに騒ぐ胸

八階の猫の売り場を目指す階段

独り居の箸より落ちるおぼろ昆布

地平より黒雲湧いて飛びゆくもの

鳥の音を追うて細りし山路かな

白雲や百年ほども昔の恋

無私の人の小やかな私

——鼓直さんの俳句

高橋睦郎

文芸家の中では詩人や小説家にまして、翻訳家をこそ最高位に置きたい、と、つねづね思っている。理由は、表現行為の上での私からの離れように拠る。

表現を選んだ人間は、なぜ表現を選び、表現を志すのか。初歩的には私の顕示のためと考えられがちだが、おそらくは違うだろう。一見私の顕示と見えるものは、窮極的には私から離れるための一時的顕示ではないか。意識的か無意識的かは知らず、表現者にとって私は地獄である。表現者はこの地獄から離れて自由になるために表現を選ぶ、その第一段階として私の顕示をおこなうのではないか。ところが、表現者の中には一時的顕示すら必要としない澄明な人種があって、彼らは翻訳者と呼ばれている。

翻訳者の中には、純粋に翻訳を営為とする人、翻訳と創作とをおこなう人、の二種がある。具体的に人名を挙げれば、前者の代表は上田敏、後者の代表は森鷗外。鷗外は軍医として陸軍軍医総監まで上りつめ、退官後は帝室博物館総長兼図書頭を勤めるという多忙の身の中で、小説、評論、詩歌にわたる創作とともに、訳詩集『於母影』をはじめ『即興詩人』『ファウスト』など翻訳という作業を生涯にわたって手放さなかった。

なぜそこまで翻訳にこだわったか。思うに鷗外の私の地獄はそれだけ深く、その私を離れ地獄から開放されたく、そのために無私にならざるをえない翻訳を必要としたのでないか。ついでにいえば、晩年の史伝三部作『澁江抽齋』『伊澤蘭軒』『北條霞亭』も膨大な資料を基にした一種の翻訳とはいえまいか。すくなくとも、無私にならなければ書けないという意味では、鷗外において翻訳と同じ役割を果たしたものと思われる。

翻訳といえば、いっぽうに『於母影』を継いで後世の詩歌への影響の上ではさらに重要な訳詩集『海潮音』『牧羊神』の著者、上田敏がいて、もっぱら翻訳の人だ。彼が四十歳で急逝した後、与謝野寛が編集に当たった『牧羊神』には敏自身の創作詩が三篇入っていて、どれも凡作以下、敏の創作性の欠如の結果とされ、それはそのとおりだろうが、別の見かたをすれば彼本来の私性の稀薄の結果ともいえる。ときに戯れに試みてみることはあったにしても、どうしても創作しなければならない必然性がなかったということだろう。つまり、翻訳家として見るとき、鷗外に較べてあらかじめ離れるべき私性が淡く、創作することで私性と関わる必要がなかった。

鼓直さんは翻訳家としてあきらかに鷗外型ではなく敏型に属する。中南米文学を単に原始土俗性に富むというだけではなく、世界文学レヴェルにおいて修辞の上で肉感的かつ香り高く、形而上的にも深いものであることを知らしめたその功績は敏に劣るものではない。ことにホルへ・ルイス・ボルヘスの散文と詩の訳、いずれも甲乙付けがたいが、詩に関わる筆者の見地からいえば、思潮社海外詩文庫『ボルヘス詩集』における日本語の完璧度は未曾有の高さに達している。筆者はかつてごく少数回鼓さんにお会いする機会があり、このことへの讃嘆と感謝の意を舌足らずに伝えたが、含羞の面持ちではぐらかされた記憶がある。

そんな鼓さんが私かに俳句を書かれていて、このたび一本になるという。そのゲラ刷りを通読しての印象は、鼓さんが折にふれて書き残されたものが散文でなく詩でなく、俳句だったことに納得、というものだった。そのなかで心に残ったものを以下に挙げる。

揺れる藻の緑のすける春氷
初蝶の影らしきものまなかいに
風巻いて桜ふぶきの九段下
春風を探りつつゆく杖一本
かなへびの抜けがら白き小枝かな
炎昼やゴールデン街われ一人
夕立の大粒よけてはしる蟻
ねむの木の影あわあわしバス通り
艶然と玉虫吊るす女郎蜘蛛
その角を折れて消えたる秋の風
いわし雲やや薄らぎし軒端かな
焼き栗の熱さたのしむ袋越し
秋は去り飼い犬は逝き身はひとつ
落葉さえ掃き尽くしたる師走かな

落書きの老という字の冬の暮
籠の中割れひとつあり寒卵
闇汁をこぼしたような夜の道
老いの坂降る雨に差す傘も無し

無私の人にふさわしく、まことに淡い。その無私の人がボルヘスほかラテン・アメリカ詩人は声を貸してみごとに存在感ある日本語を成立させつつ、私かに淡い俳句を書き残していた。無私に奉仕しつつ小やかな私を捨てきれなかった。それが五七五律俳句のかたちで残った。その事実に素直に感動する。

鼓直句集　選後に

村上鞆彦

私はラテンアメリカの文学作品に疎いので、鼓直さんについて詳しいことを知らなかったが、以前よりお世話になっている間村俊一さんの仲立ちによって、はからずも今回、鼓さんの句集の選句を担当させていただくことになった。

鼓さんの業績や人となりについては、打合せの席でご一緒した大竹晴日虎さん、井戸亮さんのお話から多くを伺い知ることができた。

当初、選句をするにあたって、私はいささか気負っていた。偉大な翻訳家の句稿を前にするのであるから、当然のことである。しかし、実際に句稿を読み進めてゆくうちに、その気負いも次第にほぐれていった。

と言うのも、鼓さんの俳句には欲がないのである。俳人の詠んだ句には多かれ少なかれ必ず欲が含まれているものだが、それがないのである。他人の目にさらすことを前提とせず、ひとりの慰みに作られた俳句であれば、それも当然のこと。季語が二つ以上入っている季重なりについても無頓着である。

心に浮かぶままの言葉をその辺の紙片に淡々と書きつけた肩肘の張らぬ余技、あるいは気休めとしての俳句。句稿を読み進めながら、写真でしか拝見したことはないけれども、鼓さんの寛いだ表情が髣髴とするようだった。

収録句は、便宜的に春夏秋冬に分けた。季語がない句が若干あり、それは雑として括った。各章から一句ずつ、印象に残った句を挙げたい。

わが胸の流氷もまた軋みおり

流氷が到来したという知らせに接し、かつて目の当りにした流氷の景を思い出しているのだろう。しかもその胸中の流氷は今もなお軋んでいるという。流氷から受けた感銘がいかに強かったかが想像される。どこか浪漫的な句。

かなへびの落ちる日追うて木を登る

かなへびを始め小さな生き物を詠んだ句がいくつもあった。庭でよく目にしたのだろうか。小さな命と嬉戯する作者の表情が窺える。この句は、落ちてゆく日を惜しむ気持をかなへびに託しているようだ。

いわし雲やや薄らぎし軒端かな

室内から軒端越しにいわし雲を仰いでいる。時間が経ち、いわし雲がやや薄らいだようだと述べただけの句だが、しみじみとした味わいがある。どことなく秋思も滲んでいるようだ。

落書きの老という字の冬の暮

街で見かけた落書きの中にあった「老」の一字が意識から離れない。すなわち、自身の老いを実感することが多くなっていたからだろう。冬の侘しい日暮れに「老」の一字を噛みしめている。

白雲や百年ほども昔の恋

「百年ほども昔」ならば、自分の恋ではない。ひと昔前に生きた誰かの恋（特定の人物を作者は想定していたのかどうか）。それに思いを馳せている。文学作品の中の恋かもしれない。青空には白い雲。心がしんと静かになる。

翻訳家鼓直が翻訳作業の合間にあるいは日常のふとした折に、ひそかに俳句を作り楽しんでいたということは、俳句の徒である私にとっても嬉しいこと。この事実を記憶しておきたいと思う。

跋

経緯のみ書いておきます。縁あって鼓直先生と親しくさせていただいた。ときにスペイン語、ラテンアメリカ文学にかぎらず先生を慕う方たちとも席を一緒にした。東京から神戸に居を移されてからも一人であるいは友人とともにたずねた。年に二回ほどわたしに京都にしごとがあった。その折にも先生に連絡しては三宮界隈をおそくまで徘徊した。西方面へしごとにでると東京への帰りに神戸によって先生と話して帰る、ということが半ばならいのようになった。おなじ神戸市内の関西大学に職のある子息、宗さんの家族が住んでらしたが先生の一人暮らしに甘えてたびたびおとずれては朝方まで話しこんだ。また役員をしていた協会の会合や新しくでる本のうちあわせに(旧友に会ったりあるいは気晴らしもかねて)

年に何回か上京されることがあり、レストランでそして酒場で話しかつ飲んだ。「百花十月」というわたしが編集していた小冊子に毎回「ラテンアメリカ前衛詩人列伝」の原稿をいただいた。シュルレアリスムに関心をもっていてさまざまな文献をとりよせていた。カナリア諸島で出版されたアンドレ・ブルトンの来島をめぐる本やチェコの大学が出したおそらく百部もでてないであろうシンポジウムの記録などもあった。

節季のあいさつや寄贈本のお礼によく葉書を書かれた。わたしもいただくことがあり即興とおもわれる句が添えてあることがあった。いつのことであったか。そうした句がそうとうたまっていることを知った。ノートや手帳や原稿用紙を切った大きさも紙質もまちまちの短冊やメモ用紙に五七五を一行で一句または数句、また啄木のように三行のわかち書きで。紙箱に入れてあった。いかな状況において句作されたかは想像するのみ、一読、そこにある景物や心の動き回想を言葉でとらえすっと書き留めている感があった。俳句のあれこれについて語ることは少なかったが、あるとき「オオタケさん、私は推敲しないんですよ」あずかって整理することにした。一覧にし季をふった。無季の句もけっこうあった。ぜんぶで一千句ほど。「先生、ここから百句ほど選んで和綴じの本にしましょう」わたしのおもいつきを気乗りせずの風もありまたおもしろがる風もあった。先生ご自身、シュルレアリスムやラテンアメリカ文学の同人誌や本の構想（著者やタイトルまでかんがえて！）にあそぶことも多かった。そんな構想を先生もともに楽しんでいるあいだにも花は咲いて散って季はうつろいひとは去る。二〇一九年春、先生が急逝された。五日ほどまえの電話では変わらずに穏やかながら快活な声であったのに。句集の構想もそのままになった。

そのままに、とはじっさいはならなかった。「鼓句集、出さないんですか」「刊行したらそれをもってしのぶ会をひらきましょう」鼓先生お別れ会で手書きの短冊をみていただいたり酒席で先生の句を話題にもした。先生との縁で知った水声社の井戸亮さんに相談し、選句を俳誌「南風」主宰の村上鞆彦さん、装丁を装丁家、俳人の間村俊一さんにしていただいた。詩人、歌人、俳人の高橋睦郎さんに稿をよせていただいた。先生のただごとうたならぬただごと句を、この集を手にとられる方もともに楽しみ、鼓直先生をおもいだすあるいは知る寄す処のひとつとなればうれしいです。

二〇二二年秋　　　　　　　　　　大竹晴日虎

写真：北村凡夫

鼓直（つづみただし）　一九三〇年、岡山に生まれ、二〇一九年、神戸で没す。東京外国語大学卒業。法政大学などで教鞭をとったのち、財団法人日本スペイン協会理事長。ボルヘス、ガルシア＝マルケスをはじめ、数多くのラテンアメリカ文学の翻訳を手掛ける。訳書には、ガルシア＝マルケス『百年の孤独』（新潮社、一九七二年）、ボルヘス『伝奇集』（岩波文庫、一九九三年）、ガルシア＝マルケス『族長の秋』（集英社文庫、一九九四年）、ドノソ『夜のみだらな鳥』（水声社、二〇一八年）、カルペンティエール『時との戦い』（共訳、水声社、二〇一九年）など多数ある。

装丁――間村俊一

鼓直句集

二〇二二年一二月一〇日第一版第一刷印刷　二〇二二年一二月二〇日第一版第一刷発行

著者――鼓直

発行者――鈴木宏

発行所――株式会社水声社

東京都文京区小石川二―七―五　郵便番号一一二―〇〇〇二

電話〇三―三八一八―六〇四〇　ＦＡＸ〇三―三八一八―二四三七

［**編集部**］横浜市港北区新吉田東一―七七―一七　郵便番号二二三―〇〇五八

電話〇四五―七一七―五三五六　ＦＡＸ〇四五―七一七―五三五七

郵便振替〇〇一八〇―四―六五四一〇〇

URL : http://www.suiseisha.net

印刷・製本――精興社

ISBN978-4-8010-0678-2